春天太短
我忽然慌張
夏夜漫長
卻天亮被淡忘
落淚的季節從未更迭

獻給我的爺爺和許尼歐

齒與骨

這本書，或者精準點用「一個以書的姿態讓人拿在手上」的物體，其實像是個劇烈的有機生長。二〇一二年時我自己挑選了幾十首詩，想自費出版，但後來生了場大病，不了了之。大部分的時間，我都很努力地練習活著。眼裡的火光閃閃滅滅，總還是會落下一些餘燼的。每隔一陣子，新寫了一些東西，就會把他們丟進這個雛體去，去觀察。在觀察什麼或觀察的目的為何不得而知，可能只是喜歡看東西在變化，或享受純粹的造形喜悅。

雛體裡的作品增增減減，到去年我試著以某種脈絡重新建構這本書時，裡頭的作品幾乎跟當初完全不一樣了。這個脈絡很難以言喻，只是跟隨著我的身體，把文字放到故事中適合的位置。最終發現，原來某種意義上來說，我其實是一直在寫序的。所有的作品都是一則序，一則依附著一則，最後層層依附成一個故事，也就是這個「一個以書的姿態讓人拿在手上」的物體，也就是我。

現在坐在路邊，哀傷地望著這場劇烈紋理竄動的有機生長，裡面有太多我故意忘記答案的謎語，氣一口接一口地嘆，寫下這最後一篇序。

彷彿看見一塊安穩而綿密的，我認為是「善」的物體，吸滿了光線，「善」地安

穩放置著。那裡收集了我靈魂所有最好的
東西、降臨在我身上的時光，還有曾經不
匱乏過後的證據。

啊，那是我的齒與骨。

目　錄

深夜的大雨如蜂鳥的振翅，
凌晨的蜂鳥像大雨來襲時。

那年夏天
我住在 一個看得到海的城市
能騎著單車
滑下 一條長長的斜坡
後面就是海了

她開車來接我
電台播著曾經流行的音樂
她說今天是 一個適合看海的日子
走出便利商店的時候

她拎著半打啤酒
笑著對我說著昨天發生的
而身上有葡萄柚香氣的洗髮精味道
明明還沒到海邊
她的空氣卻比張口揉出得更早
如海風一樣將我拎起

那是一個不太容易飢餓的夏天
因為體內飼養的最貪婪的惡魔
被安穩地馴服了
打著哈欠

哈欠安穩地被一雙明亮的手
安穩地推送到
海的那一邊

所有愛情
最終還是要敗給
催生她的愛情的綺想
但她說今天是一個適合看海的日子
一個適合看海的夏天

你曾與我的餘生
一同到來

一朵雲撞上了另一朵
是光的群語
提前到來

晝短夜長
一朵雲撞上了另一朵
碰碎了你我的月相

雲的交合
一片降落山顛
成為雪的孤啼
化作萬水
淹沒我寂地的睡房
睡房失竊
光的群語去向不明

一朵雲撞上了另一朵
其餘
都是杜撰

那天下午我又夢見了
安和路與敦化南路之間的
那條巷子

那天下午我所夢見的
初夏的那個下午
我和你
靠在一個那個下午的圍牆上
說話
說話

那天下午我又夢見了

對街的窗
映著我和你的那一瞬間
那一眨眼
那一霎間
那一極其短促無可名狀的時間

對街的窗裡
有一個男孩子
年紀比我們大
吧
拿起了相機

悠悠長長地
記下了那天下午我又夢見了的那個下午

對窗的男孩子點了頭
對著我們笑了笑
你覺得
他是不是也在那天下午夢見了？

我在書店遇見一個女孩子。

星期四的下午，完全想不到該往哪裡去，沒有約會，沒有待辦事項，什麼都沒有的下午。會在百科全書有一切詳細定義——包括特徵、氣溫、當日的午餐、前置的睡眠時間——的無聊下午。

「無聊的下午適合讀什麼書呢？」

無聊下午本來就適合讀書啊！這世界有相

當一部分的書是因為無聊而生，寫的人因為無聊而寫，寫給無聊的人讀，讀的人也是因為無聊而讀。無聊的共識。

「那什麼無聊下午非得到一個書店讀書呢？」

回到剛剛的問題，現在的我正被包含在這樣無聊的共識中。既然有這麼多無聊的書和無聊的人，那就有必要的場所去接受這樣的無聊。

我正在跟自己對話，對自己提問並回答。
讀了一半《艾倫坡短篇小説選》，裡面有
一些奇怪的插畫。在從商場公共廁所回到
書店的路上。

今天並沒有下雨，但塑膠底的鞋子與木頭
地板卻發出潮濕黏稠但又尖銳，相當令人
不愉快且無聊的聲音。

「真像一對怨偶啊！」

明明就是不能生存在同個空間的兩人，但為了前進必須有不斷的接觸，必須製造難聽的聲音，難聽的眼神相會。我沒辦法停止這聲音，艾倫坡還沒看完。其實我在別的出版社的選集讀過一樣的故事，順序不一樣而已。但第一篇都是〈黑貓〉。〈黑貓〉是一篇偉大的作品，我不吝於閱讀它許多次，但為什麼一定要把〈黑貓〉放在《艾倫坡短篇小說選集》的第一篇呢？艾倫坡其他作品也很棒啊。而且患有嚴重的酒精中毒對一個作家來說是多麼恭維和美麗的修辭啊！

在前往艾倫坡的路上，坐著一個女孩子。

她抱著一本看不見書背的書。旁邊放著傳科。

「到肩膀的褐色頭髮。」

一個對準備要讀，或是已經讀完傳科的女孩子該留著褐色頭髮嗎？

「年紀跟我差不多，可能小一點。」

天啊。我二十歲出頭的時候在幹嘛？剛吃完午餐？剛有強烈無法消除的性欲？反正不會想讀傅科。我讀尼采，但我討厭尼采，只是為了炫耀我讀過尼采而讀。卡夫卡、濟慈等等，都是為了炫耀才讀。她想向誰炫耀她跟傅科的關係嗎？還是能放在書櫃上，讓來到她家的男孩子對她更加著迷？畢竟聰明比起美麗更稀有也更不可求。美麗的女孩子滿街都有，但聰明的卻像不把〈黑貓〉放在《艾倫坡短篇小說選集》的第一篇一樣的難尋。難怪大部分充滿自信的書，書背總是特別耀眼。

但我的鞋底依然發出那怨偶的聲音，我想停止這聲音，至少不要在書店，把場景移到柏油路、磚塊上都好，這愚蠢的聲音快停止吧。

這單方面的短暫認識後，她抬起了頭。

「我覺得我在哪裡見過她。」

彷彿，我們的眼中，燃起了永恆但一瞬即滅的火光。

在我意識到這件事情的時候，已經遠遠地經過了她，走到剛剛讀到一半的艾倫坡那裡。

「我是該從剛剛看的地方開始讀呢？還是從頭？」

我不想再讀一次〈黑貓〉，而且從剛剛的段落開始讀起，看來更從容也好像更了解艾倫坡。如果她走來問說：「嘿，你喜歡艾倫坡嗎？」我能有選擇回答的餘裕。

「我非常喜歡艾倫坡。你呢？」或「我只是無聊隨手翻翻而已。」

但該死，我已經從第一頁開始讀了。又是〈黑貓〉。

她抱起傅科和那本看不見書背的書，從十公尺外放置哲學書籍的地方，走到離我兩公尺的歷史書籍區坐下。把罩衫披在腿上，傅科放在旁邊。繼續開始讀那本看不見書背的書。她身後的架上陳列著《世界食物的起源》、《一百個改變歷史的關鍵時刻》、《如果羅馬沒有滅亡》。天啊，怎麼會有人為「如果羅馬沒有滅亡」這問題寫一本書並且給它一個囂張的書背？如果羅馬沒有滅亡、如果你祖母是外星人、如果人類在一百年前滅亡。

「但她為什麼要換位置？」

她心裡最深處有東西被撼動了嗎？

I met you in the future / I met you in the future / There's nothing else out there / but aged-old dreams and you / I met you in the future / I met you out there.

我腦中浮現一首根本不記得的老歌。是誰

唱的？披頭四嗎？還是Peter & Gordon？

這個聲音既唯美又悲傷。未來的我們似曾相識，多唯美又悲傷的一句話。

好像有一個靜置書桌上的水杯憑空被打翻了。我的心臟劇烈地鼓動著。

我想這樣向她開口。

「嘿，我在哪裡見過你噢。我先說一個故事。向你保證這一點也不老套。我曾經見過的你，她看起來絕對不會是讀傳科的女孩子。一眼就是會喜歡《The Hunger Games》或《Harry Potter》的那種。那暫時叫她H吧，剛好都有H。H曾向我抱怨過看不懂一本書。她覺得讀了很悲傷，但看不懂。她搞不好根本不悲傷，只是模仿悲傷而已。可是我是到後來才知道，能假裝悲傷其實是一件很幸福的事情。而且只要是從事寫作文字相關的人，都會說謊。愈好的作家愈會說謊。因此當你變成一個熟習說謊的人後，便再也感覺不到所有美好且柔軟的謊言那種溫暖。謊言獨有的溫暖。你知道嗎？一失去那種東西，就會變得更……。」

天啊，我根本不知道我在說什麼。這故事糟透了，這樣開口她會笑嗎？

〈黑貓〉裡的黑貓剛不小心被關在牆壁裡，讀傅科的女孩子靜靜地坐在我的身旁。

我們都知道，我們的眼中，燃起了永恆但
一瞬即滅的火光。

我們坐在廚房地板上
望著比誓言還古老的顏色
為幻想而幻想
好去擁有彼此的溫熱

我們坐著等世界淪陷
望著彼此墜入另一個地平線

你在清醒的人群裡做夢
夢在失眠的城市的四月裡沉睡
痛苦因比較而出

思念為延續而生

這裡的空氣太過稀薄
如果你還擁有當時的溫熱
就讓他熄滅在你的廚房

坐在你的廚房
我們清楚地遇見
卻無法開始

你只不過是把那天的故事
了無眷念地想起了一次
在你無聲的呼喊
我酣熱地醒來
你說我的睫毛又長長了
快要碰觸到你啦
你的指甲
是淚水的顏色
他們曾沾滿泥土

我又在那個地方哭了一次

因你為了在我耳旁
種下一句春日的傾訴

每年的這個時節
在我肋骨與肋骨的隙縫中

都要泉湧出
如被年輕的山川寵愛過的花季
我拾起來
枯枝爛葉

妻的鞋少了一隻
妻的鞋少了半雙
我走不進防火巷
找不到鞋
鞋消失了

電視上的莎樂美
把我的頭獻給約翰

做成燉飯
用體溫細細熬煮
在緊閉的左眼
撒上莎樂美的睫毛

而來賓更喜歡生吃
發臭前的血水
淋在莎樂美的蘋果

來賓不投約翰

沒人投約翰

大家只想活吃莎樂美

食者曰物
過了喉
便是胃
攝取均衡
腸道通暢
一夜抵達肛門
食物通過我們

想起你的食物
進入他的食物
到了喉

跳過胃
在臉上
肚子上
橡膠上
愛者曰人
臥著觀賞
你的食物
進入我的食物
愛情通過我們

整個世紀的愛人
（身體）扭曲在影子裡
我們喜歡異國的超市的照片
最好是從窗外拍的
隔著玻璃窗
裡面沒有一個（身體）熟識的物品
（身體）沒喝過的啤酒
沒開過的罐子
隔著安全套弄自己（身體）伸長的倒影
（身體）也不熟識
例常虛榮（身體）的歡快

架上的汽水
濃縮果汁
昂貴的泉水
沒冰鎮過的（身體）
也在享受被享受著異常虛榮的歡快
歡快著
如果我們變成汽水
（身體）被打開的時候也會有掙扎的呻吟嗎
喝我
把我如水飲下
日復一日建構（身體）不存在的風景

把整個世紀的愛人扭曲在影子裡

升高中的那個暑假，我搬來現在住的這個
社區。

二十多年的十九樓老建築，有管理委員
會，日本進口的電梯旁張貼的財務報表上
也總是盈餘，還有輪班制的警衛。

但我想談的是一個游泳池。

是的，游泳池。

社區裡有一個游泳池。在後門一個向下弧度的停車場通道與資源回收場之間，刺向隔壁待都市更新的廢棄老電影院大樓，一個沒有握柄的短圓刃形狀游泳池，可能有半個籃球場般大。是一個被利用的空間，比烏鴉還要黑得明顯。

除了打雷的時候，定期在每年的暑假早上七點到晚上九點供大家使用，會請有救生員執照的大學生來打工，不收費。

雖然我不能理解游泳池與夏天的必然關
係，但我每個暑假都會去那邊報到，畢竟
它也只有夏天才開。

但問題來了，雖然今年沒有換新電梯，財
務報表也十分良好。

有可能是為了慶祝共產黨九十周年，或英
國王子新婚。但游泳池沒有開，我也忘
了理由。在十二月的前夕突然想起這件
事情，想起你。坐在被欄杆圍住的游泳

池旁，裡面有一個水桶，我現在哼著 The Beach Boys 的〈Don't Worry Baby〉。

Well it's been building up inside of me / For oh I don't know how long / I don't know why but I keep thinking / Something's bound to go wrong / But she looks in my eyes / And makes me realize / When she says "Don't worry baby" / Don't worry baby / Don't worry baby / Everything will turn out alright...

池裡除了水桶，沒有六〇年代加州的陽光，也沒有搖著呼拉圈的豐腴美女。好幾天沒有下雨了，裡面卻濕答答的一片。

「好渴。」我突然對自己說。

今年以前的夏天，我常常在裡面漂浮，想很多事情，然後緊緊地抱著自己。我看見短頭髮的我，沒煩惱的我，在游泳池裡沉睡。

「簡直是大象的墳場。」大象說。

Well it's been building up inside of me
/ For oh I don't know how long...

The Beach Boys 叫我不要擔心。

童年的雨下不停
落在操場
落在溜滑梯
落在你的肩上

老人坐在窗外
以針扎手
滴血於乳房
等你風乾
老人吃下乳房
可老人沒有乳房

老人坐在窗外

拉上了簾

而童年的雨下不停

而童年的雨要停了

等你睡著

他便停了

孩子以睡眠換日
童年的雨為他換日
睡了雨便停
安靜地聽孩子的夢囈
孩子還不想睡
不如不說
因為童年的雨下不停

醒了還是同一天
繼續在陣雨間奔跑

只要孩子不睡
雨不能為他換日
便不會老

而童年的雨要停了
孩子依然不睡
童年的雨下不停

童年的雨下不停　之三

最終童年的雨不會停的
老人不撐傘
孩子還在奔跑
交換穿上濕答答的
並肩躺下
躺在操場
睡在你的草原
雨中兩人長出了雨中的乳房
乳房濕答答的
沒有辦法交換

誰都不要來打傘
童年的雨還沒停

他們倆都知道
這童年的雨下不停

在車站遇見了大象
抱著已死的小象
大象已剪斷了尾巴
大象已割下了耳朵
小象已經死了
小象差點兒死了

大象啊大象
請把已死的小象交給我
在我長大的地方
還有一片溫柔的草原

草原上有一段短短的鐵軌
列車將緩慢地進站
列車不會開了
就讓小象跟著我在這裡下車吧
小象差一點就死了
這裡還有片溫柔的草原

等小象長大
成為了大象
纔知道
原來這片溫柔的草

原

是紅色的

童年的雨是紅色的
小象的淚也是紅色的

他早就死了

濕透了的老人與小孩
為小象的屍體打傘
原來這片溫柔的草
原

是象的墳場

列車依然不開

童年的雨下不停

那年她二十九歲，已經不是能被稱作女孩子的年紀，不論她自己、朋友、每晚身旁躺著大肚子的男人，都不認為她是一個女孩子。

她已經是女人，而且她也習慣做一個女人好多年了，即便她深知女人不是生為女人，但她終究成為了女人。她能熟稔地在早餐時間準時地在丈夫的碗裡添上一顆淋上老抽的半熟蛋，閉上眼睛默數七秒，那男人已經一秒不差準確地將蛋與白飯拌做一起開始狼吞虎嚥。也能熟稔地用手指感覺到男人射精前臀部的細微肌肉運動，準確地演出完美的性高潮，好讓男人與女人即時遠離伊甸園毒蛇的誘惑。雖然才二十九歲，但她已經是一個熟稔做為女人的女人。

每個周末下午，她搭上二三五路公車，前往戀人的家。她的戀人，是一個十九歲的男孩子。

每次見面，他們都像沒有明天一樣的瘋狂、激烈地做愛。成為一個女人已經太久，面對盛開的肉體無法預期的射精的不知所措，她被深深地吸引。她還相信愛情，把男孩子捧在掌心，拋向空中，散落成片片花瓣，停在她的肩上。今天晚上，她趴在男孩子的身上睡著了，只記得睡意來襲前，Keane 溫柔地唱著〈Somewhere Only We Know〉。

I walked across an empty land / I knew

the pathway like the back of my hand /
I felt the earth beneath my feet / Sat by
the river and it made me complete

＊＊

「Shit！」

「怎麼了？」男孩子被驚醒。

「十二點了，完蛋了，不小心睡著了。」

她沒來得及安慰男孩子柔軟的性器，急忙扣上胸罩。

「會不會被發現？」

「應該是不會，我說我跟大學同學聚餐。」她站在鏡子前面小心檢查臉上的妝，發現並沒有花，反而太豔麗了，用沾了水的衛生紙拭掉多餘的眼線，開始彩排各種拙劣的劇本。

「我下禮拜還可以來嗎？」她問。

「當然。」

「謝謝你。」

「那你下次能夠過夜嗎？或再晚一點，

至少等我睡著。或我們可以去哪個地方玩？」

「我想想。不要心煩好嗎？」她輕輕地吻了男孩子的臉頰。

「嗯。」

「那我走了，明天打電話給你，記得要接。」

「好。」

「掰掰。」

「掰掰。」

那天晚上男孩子捨不得洗澡，想帶著她的
味道愈久愈好，因為他必須。

那天晚上她一回家便仔細地用水小心地沖
掉所有與男孩子有關的一切，因為她必
須。

那天晚上他們兩個心裡都哼著同一個旋
律，在凌晨兩點三十七分，掌管夢囈的精
靈在他們耳邊輕輕説著床邊故事。

他們都知道，若在彼此的身旁睡著，便不
能夢見彼此。

I walked across an empty land / I knew
the pathway like the back of my hand /
I felt the earth beneath my feet / Sat by
the river and it made me complete

**

幾年後一個沒有異常現象的下午，她再度

搭上二三五路公車，車子停在敦化仁愛路口。她望見了那曾停在她肩上的男孩子，牽著一個與他年紀相仿的女孩子。男孩子已經變成男人，胸膛變得比以前厚實的多，剪了一個俐落的髮型，而身邊的女孩子散發出絕對燦爛的光芒，他們都正處最美好的年紀，正在經歷彼此最美好的愛情，他們倆從任何角度看上去都無懈可擊。而她的身體，正在不斷地老去。衰老不是一下子，也不是緩慢的，衰老是同時以兩個不同的時間軸在進行的，它沒有起點，也沒有終點。

她望見他們兩人的腳上，穿著同一雙白色的帆布鞋。

「你看過《海上夫人》嗎？」她轉頭對我說。

「沒有。」我說。

「我曾經被未來的未知世界吸引，以為那種想像能驅使我。但現在才發現，那個吸引我的東西，比較像是一盞昏黃的燈，而我是一隻飛蛾，一隻衰老的飛蛾。」

「那我是昏黃的燈嗎？」

「不是，但你是一個歌聲優美的水手，讓走在堤上的我沒有墜落的恐懼。」

「騙人。」

「呵呵，被發現了。」她拙劣地把手上的白色鏈子收進包包裡。

那年她二十九歲，已經不是能被稱作女孩子的年紀，不論她自己、朋友、每晚身旁躺著大肚子的男人，都不認為她是一個女

孩子。但有一個男孩子，把她捧在掌心，
拋向空中，散落成片片花瓣，停在他的肩
上。

遺失了白色的女孩子，在那一瞬間，也只
在那一瞬間，成為了遺失了白色的女孩
子。

我也在那一瞬間，遇見了遺失了白色的女
孩子。

不過是寫一封信
曬的衣服都乾了
不過是寫一封信
天氣慢慢地熱了
不過是寫一封信
只是將它對折再對折
這一封信曬不得也熱不得
曬了便黑了
熱了便酸了
不過是寫一封信
你不要讀

讀了一定會忘記的

堤上無人

船未到站

堤內有樹，蒼鬱其屋；
堤內有屋，虆虆其樹。

請住進我的身體，
願用一切交換，你在這裡生長，
在我身體化作裂縫，在裂縫裡抽芽，
抽芽成我的，新的，不敗肉身。

等我的紅磚都成了你的綠葉，
你將是最燦爛的樹，我仍為你的屋；
你將是最美麗的屋，我能為樹，你的根，
或梁，與柱。

等我的紅磚都成了你的綠葉，
你不再作樹，我也不為屋，
請記住這是我最美麗的樣子，
而你是我最燦爛的日子。

我用愛情回答你
回答了億萬年前眾生所在的星球的獨白
我用愛情回答你
回答了穿過整座海洋來臨的候鳥的呼吸

那天你騎著單車經過
一首不完整的歌
一場苦難滿溢的夢
而我倒數第二次地闔上雙眼
那是我銀色的衣裳

我用愛情回答你

穿在你身上
那是我銀色的身體
你眼裡的星星

而所有季節的開落
我用愛情回答你

星期六的下午，我在家裡的陽台為一個人熬紅豆。四點去泰順街買了鍋子、一斤黑糖、半顆芋頭、一塊老薑，還有一斤紅豆。洗淨、挑出不好看的豆子，用溫火開始煮，溫柔地拌，溫柔地熬，煮到紅豆鬆了，芋頭不見了，轉小火，再加入黑糖，繼續熬，才會入味，才會甜。我就坐著，不停地拌，不停地拌，怕脆弱的紅豆焦了，這一坐就是八個鐘頭。一個人吃到眼淚都掉了，看到他吃得開心，我就很快樂，八個小時沒有一分一秒是浪費的。

很多事情就像熬紅豆一樣，你只需要坐
著，耐心地坐，溫柔地坐，紅豆就會鬆，
會甜。至少能讓一個人開心，你也會感到
無與倫比的快樂。

突然想起紅豆的事。不知道這鍋紅豆還要
熬多久，它會不會鬆，會不會甜。我只想
坐著，也只能坐著，為心愛的人，為這個
南島海嶼，熬一鍋紅豆。

一定會有人快樂，我也會很快樂。

水是生生滅滅
水也無生無滅
水要來了，你不要走，水滅不了你的
水生不了我的痛苦
水來，水滅不了你的生
水來，水生了你便無滅
只要有水，你便滅了
不要有水，你也生了
水裡的你依然清楚，水裡的你依然炙熱
因此詩裡必須有水
水裡必須有你

你是無生無滅

我們生生滅滅

午後將有驟雨的警訊
快！趕緊繫上黃絲帶
上面的字句
我願意犧牲一切交換
快！抄上紅色的凝視
抽芽的季節
在貪婪的昏睡裡蒙難
島嶼的女兒們
穿上最鮮豔的衣服吧
繫上黃絲帶與你們的長髮垂肩
唱一首甜美的短歌

落實

我們已經離家不遠
趕緊回家
把這場驟雨唱給我們的女兒聽
女兒們將再次淚流成河
哭聲淹沒我們甜美的短歌
母親的樹必須站立
母親的果實必須落地
落地的果實
沒有驟雨的恐懼

把一個世紀剖半再對折以前
廣場上的鴿子啊
因為春天已經過去
是乍寒還暖的初夏騙下
暈眩的字彙
你們昏睡的襯衣

不吃飯的孩子啊
你們是否害怕寒冷冬天
所以在烈日當空的夜晚逆流而上
不忍睹廣場上的鴿子墜落

因此被乍暖還寒的初夏騙下

於是半個五十年前
你們孤傲的壯行前
飲下同樣的那杯烈酒
已成了我身上
多餘的熱量

我模仿你們
一周三次
三十分鐘

也想和你們一樣
染濕了白色的上衫

而你們成為的那一點贅肉
想消
也消不去

當我穿越古神的低語
便聽見來自一個
兩個
三個
數千萬劫
你的聲音

可當
我想把你的聲音記載
在
惛沉然後惛沉之上

又聽見古神的低語

你的聲音是在古神之前
抑或在我之後
我容貌汙濁
雙口澡灌亦不得淨
仍然聽聞古神的低語

古神的低語
按日依行
按月依行

候鳥
當你來到
我的冬季
將變成你的羽翼
與你思鄉溫暖之地

可候鳥
當你來到我知曉
冬季之後
還有冬季

戀人的眼睛
是為你閉上

戀人的眼睛閉上
是為你熄滅整片閃爍在水邊刺眼的春天
戀人的眼睛是為你看見
有一張不清的手腕
睡在這被子旁邊
有一雙不醒的臉孔
睡在這輩子旁邊

大雨滂沱整夜
言語滂沱整夜
滂沱滂沱滂沱
整夜滂沱整夜

而雨後
戀人的眼睛要張開了
張開了
只是戀人的眼睛張開了

這雨剛剛才下下來
卻如同上一場一樣並沒有將我淋濕

遠方的鳥也沒淋濕
但他們並不知道是那棵樹用所有花葉
交換他們潔淨的羽翼
罪惡未能蒙受

而花葉都已經變成舊雨啦
游向土壤最深之處
游向你我最深之處

當明年同樣一場舊雨再度降臨後就能
與鳥一起飛向另一片
未淋濕的大地

我從未見過那裡直到今晨
張開雙眼才踏上那片仍舊
未淋濕的土壤

而你原本要在的啊

為什麼只剩下一場舊雨？

鹿啊鹿
讓我穿越你奔跑的土壤
不是你踏過的都不能稱作希望
鹿啊鹿
讓我穿上你不要的衣裳
那是我所能想像最搭襯的裝甲
鹿啊鹿
讓我啃食你腐爛的尾巴
那將成為我最華麗的死法
鹿啊鹿
讓我擁抱你完美的瞳孔

不是你見過的都無法永恆地佇立
鹿啊鹿
讓我重拾你我異體的心跳
星體共融時你是我唯一的太陽
鹿啊鹿
讓我與你一起衰老
退化然後然後褪色然後
成為一隻溫暖的鹿
看著孤獨的非鹿
孤獨地來
孤獨地去

我們 一起成為他們的鹿

聽聽他們說

鹿啊鹿

鹿啊鹿

讓我成為你

我要與你複習所有未知的恐懼

我要與你共享所有不被收斂的狂想

鹿啊鹿

讓我成為你

鹿啊鹿

我們能縮寫欲望
但無法縮寫愛情
因為愛情太短
欲望太長
只要你一個眼神就能了解愛情
可過了整個夜晚欲望還在沉睡

那是個春天，卻冷得像冬天，我們一起度過了一個似是而非的季節。

她是一個沒有季節的女孩子，更正確地來說，她的季節運作的程序與我們一般人不太一樣，至少我就沒辦法以我的認知去理解她的季節。我這樣說明好了，假設一般人的季節是一條直線，大體而言能用找到適合的曆法規範，十二月到二月是冬天，三月到五月是春天，六月到八月是夏天，而九到十一月則是秋天，即使沒辦法在這

條線上精準地劃一條線切分每個季節，因
為季節交替有模糊的地帶，但大多不脫於
此。

可對沒有季節的女孩子而言，她還多了另
一條線，兩條季節的線在她身體裡走著，
而另一條線以截然不同，且毫無規範，至
少歷史上所有偉大民族沒有經歷過這樣的
氣候現象或經由任何月相觀察到，這也無
助於農業發展。

畫個圖說明好了。

一般人的季節線是

——春——夏——秋——冬——春——

沒有季節的女孩子的季節線則是

—秋—夏——冬—秋—春——冬——夏——春——

如果說我們一般人的季節線正走到夏天，恰巧，沒有季節的女孩子身體裡的另一條季節線也走到夏天，那這個夏天就是 double 的夏天，因此在這兩個夏天同時運行的時候她會流 double 的汗，吃 double 的蘇打冰棒，連曬太陽也比正常的 single 夏天黑兩倍，電費也是。當兩條線分別進行到不同的季節，這會一個非常複雜的情況。

倘若一般人的季節在夏天，而她的季節線

來到冬天。夏日午後悶熱的雷陣雨，不會讓她像一般人在冬天那樣繾綣在被窩中，聽著綿密但又刺骨的雨聲；夏天每個摩托車引擎發動的聲音也不像一般人冬天聽到那樣，如頹喪老狗的無力。空氣不重也不輕，氣溫既寒冷又讓人耐不住氣。

她沒辦法穿大衣裹圍巾，也不想穿短褲背心，因為那不是單純的冬天也不是簡單的夏天，更不是相加除以二折衷的春天或秋天，那是確確實實的冬天和夏天。她只能穿著又是夏天又是冬天的裝扮。

說到這邊很難理解吧。我也不太明白，誰能想像又是夏天又是冬天的衣服是怎麼樣的呢？也不會有人設計出一件兩個季節的T-Shirt吧？上面該印什麼字才好？她住的地方堆滿了衣服，每天出門前要絞盡腦汁，才能搭配出符合她現在身處的季節的裝扮。

至於其他更複雜的季節，應該只有她才能

處理。

沒有季節的女孩子的季節線還有另一個規則，就是她的季節線不是平白無故從平行世界移植季節過來的，而是她從一般人的季節線借過來的。意思就是，她如果過了一個 double 的夏天，從此她的生命中就少了一個夏天。

少了一個夏天，少了一個秋天，少了一個冬天，少了一個春天。

再少了一個夏天，少了一個秋天，少了一
個冬天，少了一個春天。

然後少了一個夏天，少了一個秋天，少了
一個冬天，少了一個春天。

她永遠在失去季節，永遠在失去。

**

「欸，我覺得我快死掉了。」

「蛤？」

「不是那種死掉，是絕對的『沒有』噢。」沒有季節的女孩子用雙手比了一個double quotes。

「什麼意思？」

「就是『沒有』啊，最近常常會看見絕對的『沒有』，那是絕對的『沒有』。因為它是絕對的『沒有』，所以不是失去性命或什麼，就是『沒有』。什麼東西都被包含在那個東西裡面。它也不是『出現』，它就是一直的在那邊，『一直』的在那邊。嗯。絕對的『沒有』，之類的。」

「不懂。是難過嗎？」

「不是，任何情緒都不在那邊。」

「你好奇怪。」

「姆，是啊。」她點了一根 Lark 九號。

「我想去一個很遠很遠的地方，然後等待『那個』來。」

「為什麼要去一個很遠很遠的地方等『那個』來？」double quotes。

「要花點時間找到適合的地方吧，可能不用很遠，在這裡搞不好也行。」

「好難懂噢。」

「喏。」她光著身子走到冰箱，拿出昨天喝剩的葡萄酒，對嘴喝了一大口。

「今晚我才喝到第七杯，就有失戀的感覺。」

「這什麼怪歌？」

「這時候鼓要進來了。Dong-Da--Dong-Da--Dong-DaDa-Dong-Da！昨天我才喝到第六杯，就有失戀的感覺，不知道該如何記憶你，不知道該如何失去你，啦啦啦，啦啦啦……。」沒應答我，她一手拿著菸，一手拿著葡萄酒瓶，光著身子唱了一段奇怪的歌。

「抱我，好冷。」她鑽入被窩。

**

對沒有季節的女孩子來說，失去任何東西對她而言好像沒什麼了不起的。想起來也是，如果我知道我生命裡的季節不斷地在消失，而日常的季節如此絮亂。好像有些事情在 double 的時候應該挺不錯的。

在一個 double 的春天，花是開 double 的，微風也是 double 的溫暖，能對誰有 double 的心動，酒精也是 double 的流過身體，應該會挺省錢的吧。可是肌膚上游泳池消毒水的味道也會加倍的刺鼻，我現在只想到這個缺點。但以後就永遠少了一個春天了。感覺不到花的燦爛、風的溫暖，錯過一段美好的愛情，喝著無聊的酒，過著一個沒有春天的春天。

不行，我真的不敢想像。

我對沒有季節的女孩子的記憶是不準確的，因為我有季節，而她沒有。有季節的人該怎麼與沒有季節的人溝通呢？夏蟲不可語冰？有季節的人說這種話應該任何沒有季節的人都會生氣吧，這樣對話該如何進行下去？任何生命從降世的這一瞬間就開始失去，可至少能獲得什麼吧，能經驗一個最悲傷的春天、最無聊的秋天之類的。所有記憶都應該要有附著的東西才對啊，我們可以用日子來記，但累積的日子一多，需要一個更大、更具有統籌性的什麼來記得啊。

應該一般人都會用季節來整理才對吧，而且就算是記錯了，任何被修改的記憶也都是有存在的必要啊。我並沒有在質疑沒有季節的女孩子的任何事情，只是我不理解。我們在談，可其實我們不談。只記得那個冬天很長，到了四月還是很冷，冷得跟冬天一樣，那是一個似是而非的季節。

我現在腦筋一片混亂，只記得那個沒有季節的女孩子後來真的去了很遠很遠的地

方，然後回來這個城市吞了整瓶的安眠
藥。

在同樣明明應該是春天卻冷得像冬天的，
一個似是而非的季節。

「我最喜歡春天跟冬天了。不知道該如何
記憶你，不知道該如何失去你，啦啦啦，
啦啦啦……。」歌曲的拍子開始緩慢，音
量漸弱，睡眠的聲響震動著我和她的鼓
膜。

她為什麼死，不會有人理解，我只記得她
同時死在兩個她最愛的季節。

欸，我這樣子記得你真的可以嗎，沒有季
節的女孩子？

這裡的星星彷彿要落下
誰在空中飄呀飄

雲一下遮著
一下又看見

誰在風中飄呀飄
飄到了頰間
每一次的呼吸都是揉碎的青翠的草

誰在風中飄呀飄
誰在空中飄呀飄

揉碎的青翠的草的呼吸
即將落下
我也要落下

那是星星的哀愁
星星的宿歌

誰在風中飄呀飄
誰在空中飄呀飄

我的斑馬
你為什麼不睡

你從海邊的房子一躍而下
我花了整個灰暗的午後
在海邊的祭典差點喪命
神明的偶
千千萬萬向我突刺
偶的陣型
千千萬萬
逼迫我走向他們儀式的彼端

使我不得不穿越整個沙灘
卻依然找不見你的落點
直到新聞播出你失蹤的訊息
他們便來敲門
要我走過你踏過千百遍
最喜歡的
無限迴旋向上的階梯
我的斑馬
你為什麼不睡

我喜歡超載的夜裡
誇張的你

我喜歡在肆無忌憚
漫天說謊的日子裡
失真的你

溫柔對待每個衝動
然後大步大步大步地走

我喜歡

變得透明的你
親吻我背上的字
在消失的六月裡

昨夜的夢與排泄有
關一直想排尿尿不
出來一直咳咳咳天
氣溫暖坐在陽台我
感到死亡他就在我
耳邊吐氣死亡他就
在我耳邊吐息呼氣

肉身痛苦靈魂痛苦醒著痛苦活著痛苦
呼吸痛苦誰來救我救我救我救我救我

洗澡

十六個小時的航行
再度重返有蒲公英開落的地方

床上的貓踩著我的胸口
確認身邊的人已經安全地降落不需急救

明明剛從水上返來
卻沒有沾上一點濕氣

岸上的步伐竟如流沙
我看見八百千隻大象死命地掙扎

上面有八百千隻蜜蜂為牠們演奏
歸來的輓歌

用溫熱的水
我洗過一遍又一遍
洗去自己的容貌與痕跡
擔心身上殘有了偷渡的氣味

只好
用溫熱的水
緬懷這次沒蓋下的出境戳章

今天台北下雨了
你知道我再也求不得你的掌心

粉紅溫泉般的啦啦啦
潮濕的啵啵啵不會停的尾巴

是馬爾地夫的藍
而雨從來不是藍
水獺啦啦啦吃花自殺
清晨的迷霧即將停止
停止營業

而水獺總與清晨迷霧一起來臨

凌晨兩點吃了一顆半的藥想睡了，看著
Jamie Oliver 做義大利麵。

很沉很沉，像陷入地函深處，un-sûn 的
流動。un-sûn 的睡眠。

五點五十三分，醒了，什麼通過了我都不
記得，第一次不願徒勞嘗試留住，是不是
隨著地函流動，進入了最深最深的那個
核。

突然決定看了一部電影，煮了三杯咖啡。

接著地函再度流動，地函的流動沒有人能
把它煞住。

有在水裡周旋的聲音，折射後殘留的腳步
聲，古老而綿長。

最終我的眼睛照亮了黑咕隆咚的房間。

結晶狀態。

結晶狀態。

斑馬靜靜地把脖子偎在你的車窗
與我一起滑下了草皮

在景美的河堤喝下
冬夜裡所能擁有最暖的密語
當你說起那天所翻開最美的
我睜開眼
卻被你的梳子
刷下成了整夜的星星

乘客

你的車窗
你的車窗啊
裡面藏著一處被黎明遺忘的殘垣

離河只剩十幾公尺了吧

離河只剩幾公尺了呢

與斑馬一同睡著的草坡
要向前淹過了河流
往後

就是你的車窗了

在猴子確定曾看過的場景而他也曾預見這
樣子的一個預見的
某個地方
有九棵樹
一棵是你
一棵是他
一棵是你那雙手
剩下的六
在淩晨扭作銀白的柳
落地的窗簾
和瘦長的人

猴子一九九五

睡醒猴子夢見熟悉的人
即將啟程
可乘著醉生夢死的下午
回應你的呼喊
猴子不語
還在思索怎麼將這樣一個讓你發癢的下午
搔成戀人們不依靠的風景

「那我們就來跳猴子的舞吧！」

其實猴子不記得女人手的形狀

只這個女人的所有的氣質都呈現在手
手上有張不老的臉
整個猴子的夏天
都在等待今年第一個猴子的颱風
然而安然的猴子
偷走了你的名字

猴子啊猴子
天涼了且雨
猴子啊猴子
你要去哪裡

以為你還在那邊
於是默默地上了車
又默默地下了車

到了那邊
你卻
剛下了飛機
默默地 landing 在一個我已經丟失了回憶
的地方

那個地方我回來了好多次

卻總遇不到你

上一次在那邊碰面
你穿了長長的睡衣
沒化妝
安慰了喝醉的我
就走了

想想也過了好多些年了
我還常常
有意無意
回到那裡

以為你還會下樓
穿著長長的睡衣

說
說著能結束冬天的豔陽

我沒有在想你啊
只是默默地搭上了車
又默默地下了車
不動聲響

流沙旁的樹

拆了

拆了

我曾見著你在那棵樹下為自己流淚
而那浸濕在我肩膀
鹹澀的你
模糊的你
正在我眼眶打轉
差點兒把你滴落在那棵拆了的樹下

拆了

拆了

為什麼那時不成為你的淚水
和你一起落入流沙
成為了流沙
流沙陷入流沙
就像那棵你曾於下落淚的樹一樣
憑空蒸發
流沙流沙
我走過流沙
那你曾陷入的流沙
拆了

拆了

我曾經的事件範圍中，她從未出現在游泳池旁，可每當我在游泳池裡，或旁，都要想起她。

絕對不是什麼「所有的記憶都是潮濕的」這句話的緣故。可能她在某個古老的神話裡頭，是游泳池的女神，一輩子都要游泳，因此成為了游泳池的繆思。

那天下午，我放任自己的身體向後墜落，墜落到學校的游泳池中。緊緊地抱著自己。

光著的腳趾皮膚開始發皺，因皮膚皺的空隙，我的腳趾總離游泳池底差上一些距離。

我好像在太空打盹一樣，暈暈眩眩，恍恍惚惚。

游泳池的女神就這樣子降臨了。

她遞給我一條土耳其藍色的大毛巾，說：

「你沒戴泳帽。」

我甚至連泳褲都沒換，穿著白色的學校襯衫和黑色西裝褲。

「記得做暖身操。」

游泳池的女神就這樣子離開了。

她遞給我毛巾的那隻右手，擦著指甲油。

一隻是祖母綠，一隻是勃根地紅，一隻是
黃楊綠，一隻是波爾多紅，還有一隻的顏
色我忘記了。

**

晚上十點多，我與游泳池旁的女孩子踏出
梅花戲院，我右手拎著啤酒，左手牽著
她。
她左手拎著可爾必思口味的氣泡酒，右

手，擦著指甲油，一隻是祖母綠，一隻是勃根地紅，一隻是黃楊綠，一隻是波爾多紅，然而還有一隻手指的指甲油顏色我忘記了。牽著我。

那部電影好像叫作《Biutiful》。當作約會電影好像不太合適，因為膚淺，是戀人的必要條件。

就這樣，我們牽著手，沿著敦化南路向北走。

**

我們躺在很長很長的公園長椅上，頭對著頭，耳機一人戴一邊，聽著 iPod。

於是游泳池旁的女孩子開了口，說：「我覺得我們需要一個朋友。」

「什麼朋友？」

「一個只屬於我們兩個人的朋友，我們要把所有所有的故事告訴他，如果有一天我們都忘記了，他會把那些回憶都保管得好好的。這樣子也許我可以永遠記得你吧，透過他。我真的好害怕忘記你。」

「我也是。」

「那我們給它取個名字吧，他要是男生。因為如果是女孩子，又擁有我們之間所有的回憶，那你可能會愛上她。可是明明這些事情都是我做的啊！這樣我所有的功勞不就被侵占了嗎？我才不要做白工，所以一定要是男生。就叫卡爾……羅傑……弗雷！」

「卡爾羅傑弗雷？」

「Karl Lagerfeld 的卡爾，雖然我喜歡 Marc Jacobs。然後是你喜歡的費茲傑羅的羅傑，弗雷單單是我想叫他弗雷而已。」

「費茲傑羅的『傑羅』才對吧？」

「不管，就是羅傑，卡爾羅傑弗雷。K-A-R-L，R-O-G-E-R，F-R-A-Y。」

「那就是 Roger 啊白痴！」

「管你的，呵呵。」

這個女孩子，好奇怪。

**

被單上的血跡已了無蹤影，貪婪地癱軟在
洗碗槽中。

我們對望，鬆下一口大氣。

我打開抽油煙機，點起一支Black Stone，
拿廚房餐巾紙彈菸灰。

臥室裡的電腦，傳來Suede的〈The

Chemistry Between Us〉。

她把耳朵，輕柔細長地依上我的肩膀，靜

靜地坐在我的身旁。

And maybe, and maybe

那一瞬間，少年和少女忽然發現，又已深

諳，我們必將成為活在彼此記憶裡的人。

痛苦因比較而出，思念為延續而生。

在等待那一刻來臨前，我們坐在廚房地板上，望著比誓言還古老的顏色。

**

「Roger that.」

我確定弗雷完美地執行並達成了他的任務。一個身為朋友的任務。

在 Bounty Land。

* *

This is a portrait of my milky way.

年往北走
把我帶走
你留在東海岸
替我呼吸
我借了的沙
已熟記海的顏色
和浪潮間行過的苦澀
應當在水邊
應當在我倆與海間
新年未老

海亦未老
你也未老

深夜，經過你家附近時打了通電話給你。
約在一棟建築前面，我抽著菸左看右看，
猜想你會從哪側出來。

想起七年前的一個下午，在學校旁，我留
著短髮，你穿著黑色的褲子，像現在這
樣，想離彼此的出現靠近一些。

既不是左邊，也不是右邊，結果你從我正
面踱步而來。撐著傘。忘了上次我們散步
的時候是否也如今天的雨一樣冷，正眼不

看，你仍舊往常地勾起我的手，替我圍上
你暖過的圍巾。

終於找到一個地方坐下了，不願提起的話
沒人談起，我們笑著說著早知道當初多愛
上幾個戀人，或戀上幾個愛人，才發現好
多年沒見了。

臨別時，你堅持把傘給我，說你家傘還有
好多。

但我知道，你習慣我總把傘弄丟。

上了車，雨還下不停，發現圍巾忘了還。
但算了，反正冬天還很長，而今天是入冬
之後，最寒冷的一天。

「他們都說你走了，我只好也假裝你走了。」

上星期寫作時寫下了這句話，心想：「不對！」我一定在哪看過這句話。「處文字情節」又犯了，在搞清楚一切前只好擱筆不繼續下去。

過了兩天，看到Facebook上好多朋友轉貼一段：「他們都說你走了，你也沒有告訴我你去了哪裡。所以我覺得，那一定是我們都知道的地方。」

我不知道的事情太多了，所以，你知道我以後想做什麼嗎？我要去告訴別人他們不知道的事，給別人看他們看不到的東西。我想，這樣一定天天都很好玩。說不定，有一天，我會發現你到底去了哪裡。我好想你，尤其是我看到那個，還沒有名字的小表弟。就會想起你常跟我說：「你老了。」我很想跟他說：「我也覺得……我也老了。」

才想起來，原來上星期五是楊德昌導演的冥誕，而我腦子跑出來似曾相識的句子其源正是《一一》裡的這段台詞。

《一一》與我結緣甚早也甚晚。在讀高中的時候，我是一個以電影、咖啡、小說維生的男孩子。每天放學第一件事就是坐二〇八路公車到羅斯福浦城街口下，走到水準書局買書，路上在一之軒隨便拿了個麵包，再走到泰順街旁，現已收店改名另移他處的多鬆咖啡，讀到門禁時間再心滿意足地搭捷運回家。

而另半的時間，我會抱著筆記型電腦，點杯不太好喝的拿鐵在那看一個晚上的電影。（尤其高三二月學測考上大學到畢業前更猖狂，常睡到中午再到校，兩點多等咖啡館開了便翻牆或請假出去。）

那是一個無知、索求無度，虛華但又充實的時間，所有的所有都是未知且陌生，看的都是翻閱各影評所推薦的偉大電影。想讓自己更加成熟，更預先體會這世間我未到時候了解的。更把得到的一切視為珍寶，在心裡彩排多次後希望能和誰聊上兩句。當然，楊德昌先生的名字總不斷地被提及。可就我科技之白痴（對任何電供應的產品都是史前人般的存在），我遍尋不到網路上任何能夠欣賞的楊德昌的電影，大多是翻拍畫質奇差的版本，看了幾分鐘實在看不下去。因此，我直到上了大學才在台大圖書館看過《一一》和楊德昌導演的其他作品。

大一過去了，大二也要過去了，我搬來現在的住處。搬來幾天，經過辛亥泰順街口，想說我一定看過這個地方，那時馬上想起《一一》，隔天跑到圖書館再次確認。那棟是羅曼羅蘭大廈，旁邊是龍安國小，沒錯，我就住在這部電影旁邊。說意外也不是，說偶然也不是，說命中注定也不行。緣分可能是一個比較恰當的字眼。

這座城市豢養著我長大，很多美好的事也都發生在這裡，她賦予我模糊的眼光不斷模糊地確認著這模糊的世界。世界對我依然是模糊、不確定且歪斜的，可現在我已經不常活在他人炫目的故事，已經經歷了一些能讓我不斷呵護著的幸福，小心地抱著他們在夢裡醒來又睡去，直到日出。很長的時間我曾經想過，我要在青田街買一棟有庭院的日式房屋，在那裡陪我的孩子長大，陪她或他一起騎腳踏車去吃冰，告訴她或他這城市所有我在成為父親前的美好種種。但最近突然不這麼想了，或許我會離開編織我人生的台北，到一個很遠很遠的地方，直到這城市所有我經歷過的都像偶然的似曾相識一樣。

可我多麼地捨不得啊。

我能記得我騎單車經過溫州街、和平東路、敦化南路，再沿著信義路到通化街的日子，也還記得從成功高中經過林森南路轉羅斯福路，上浦城街再到泰順街的日子。

我的人生就在這小小的城市繞啊繞，繞過

那些燦爛的日子，繞啊繞，繞到我已經認
不出我自己。

可我多麼地捨不得。

繞啊繞，繞啊繞。

我真的捨不得，卻又如此地貪得。

好多事情他們都說你走了，我只好假裝你
走了。

我們在沒有蟬的地方
說起蟬的事

當太陽的翅膀的影子
突圍簾幕的守衛
都有個聲音
流響過夜的領土
從泥沼中把你溫暖地包圍

夏天的孩子
為你無數次的拯救而生

墜落也必須在你
那一塵不染的胸膛

他們對你無止地吶喊
只為叫出一條
只容你通過
通往那座為你生長的花園的
蜿蜒的淚水所建成的蜿蜒的路

等你看見那棵青槭的紋路
都是為你落下的翅膀

都是為你燃燒的目光

蟬消失了

冬天要來了

以為蟬去了他們必須前往的地方
以為這個能延續一輩子的夏天將永遠永遠地結束
可剛剛我確定聽見了
那棵青槭下的泥土

無聲無息地
開始鬆動

在曼哈頓的公寓
戀人與愛人曾經住過
克林姆的拼圖散落一地

那個下午你靠在窗台上抽菸身體裡沒有雨
的氣味
電視上說鴕鳥在非洲是一種常見的寵物

藍色的枕頭
一個晚上就要燃盡
想選一部長的電影

把你留在身邊

你是戀人
我是愛人

野牛在牆上安坐
蓄勢而不動

選一部長的電影
把我留在身邊久一點

野牛在牆上安坐
蓄勢而不動

明明是一個遲到的春天，四月下午的陽光
竟然如此通透。做完了一場好長好長的
愛，她回了家。兩個人都沒什麼睡，結果
還約了早餐。

她十分地瘦，幾乎沒有什麼乳房，穿著一
件故意買大的藍色外套。我們坐在公園抽
著一根又一根的菸，冰咖啡的杯子替我們
把汗都流完了。遠遠的樹上有一條長長的
飛機雲悄悄地劃過，我好像還聽到她螺旋
槳嗟嗟嗟地轉著的聲音。

這簡直像是上個世紀裡小說的場景。已經被這個世間忘記，一個遺落在時間裡的場景，一對厭世的男女，一雙不張開的嘴，靜止不動，只有樹影在閃閃發亮。

我與她說了很多故事，包括我成長的經歷，談過的戀愛，遇見的事情。跟她並不是很熟悉，明明只是在前一個晚上才真正認識，然後做了愛的一個人。

以前我並無法以這樣子的方式，口吻，溫

柔地，慢慢地，像一個說故事的人，嗯，
說故事的人，輕輕地說著別人的故事，但
是在意的，也不是說是在說一個完全與我
無關的故事。距離是絕對地零的，只是我
在「我」這個個體底下的圈圈，慢慢地以
一個「尺度」，說著。這是這麼多年來，
我期望的確認自己的方法嗎？
這些故事在我身體這個房間生活了這麼
久，我現在才說出來是為什麼呢？

而且為什麼是她？

可是隱約我確認，並不是因為「她」，或
因她出現而引起的分子組成的波動改變了
什麼。

只是命定。

我知道其實我並不是在「對她」說話，我
只是在對自己說，而她只是做為聽眾，既
是事實上的聽眾，也是形而上的聽眾。她

一定也感覺得到。我面對著她，但眼睛看的是她後面一個更深，更遠，但與她無關的什麼東西。

但在這個無法逃離也不能坦白的默契的位置。

我不能說，她也不能。

突然好像回到六歲的時候，看著一個剛買的漂亮氣球，冉冉地飄上了天空。

那也是上個世紀的事情了。

來回的下午，總期待著一場大雨猛烈地下
起，快慰地睡去直到陽光不再被想起。

痛快地做夢，把手機靜音不有被打斷的恐
懼或夢未完的空虛，能讓故事在她要停止
的地方停止，得以寬鬆面對的餘裕。

不做夢的時候，花大半的時間在舒展自
己，肉塊的實驗。

大口地呼吸，把自己想像成等待解凍的肉

塊，慢慢地退冰，肉塊跟肉塊之間剝得開
了，等解凍完全後再說，然後發現好多東
西自己原來也就切完扔進一個袋子都進冷
凍庫了，黏在一團，難以分辨。

可肉塊間有了縫隙，便有滋生（飄散）（蔓
延）在空氣中的恐懼湧入，因此我大口地
呼吸，加速肉塊的解凍。那些不祥的粒
子，直至肉塊將要打開的時候才被發現。

**

7. 現在在聽 Spiritualized，洗了個澡，等著吹頭髮。

6. 今天睡到五點五十九分，忘記天黑了沒。坐在浴室地板聽 Pedro 說完他在厄瓜多的故事，原本建議他去海邊一周，才知道他那些故事都發生在海邊。

5. 好像隨意選了部什麼邊看邊睡著了。

4. 坐在師大公園發呆，天氣沒想像中悶熱覺得有點失落就回去了。

3. 去唐山購書消災。

2. 認知到喜歡的木瓜樹不見了。

1. 關於木瓜樹。

不約而同，好多朋友最近都在紐約。去念書的、回家的、工作經過的，傳了訊息確認但沒深問原因的。我對那個城市的初始深刻印象是在雜誌上讀到，Cat Power 還是 Coco Rosie 已經有點分不清，只是有個昏暗的小酒館，有人昏暗地唱著歌，外面的鬧劇與心底的場景巧妙地錯開。可這個從來沒出現在我嚮往前行名單的城市，突然爆炸般地出現在我的視線，莫名有個引力將這個城市的順位不斷拉前。好像有個聲音在我耳邊說：「去紐約吧。」

而我的心也輕易地動搖了，我想去紐約。當然是因為有落腳處的經濟考量做推力，可這絕對不是一個充分的誘因，背後一定有更深的東西在煽動著我。懶散如我，逃避如我，現在竟然已經開始以一個近乎白日夢，極其無效的方式在規劃了，當然最後這場白日夢可能也只能以這段文字留念而已，反正大多事情到最後，我總會找到一個恰當卻又貧乏的藉口告終。

才想起來你去紐約好多年了。

是什麼帶你去紐約的呢？我常有意無意在某些思緒的空檔閃過這個問題。除了音樂跟電影，我對紐約的記憶好像只有你，不論哪個朋友在談話間提及他們在紐約的美好時光，我也總當他是一個遙遠且於我毫無重量的話語，甚至無法以故事去記憶。每次想到你，我就會想起紐約；每次想到紐約，我就想起你。哎，為什麼語言或文字這麼薄弱呢？「每次想到你，我就會想起紐約；每次想到紐約，我就想起你。」這句薄弱的話竟然就是我與紐約的故事了，好像也是我與你剩下的故事了。

「歷歷在目。」The Flaming Lips 在紐約的演唱會後你傳了這句話給我。歷歷在目的是什麼？我也好想知道，也想讓你知道我的歷歷在目。但我們畢竟無法共享雙眼，共有的記憶也是載浮載沉。我們在各自的陸地上欣賞，無法確認，只能盲目地珍藏。這樣的場景好像在哪個寓言故事裡出現過。

而這麼多年來，次數少得連忘記都不可能的聯絡，你總是以「你很勇敢，沒事的」結尾。

我喜歡，並且深深地謝謝著你不厭其煩地對我說這句話，這句話我一直當作是你對我心底漫長的傾訴，傾訴那個花季漫漫長長，花季下你正輕輕地順撫，我對這世界最懦弱的恐懼和近乎病態的依戀。

1. 眼神

在與鹿百無聊賴地對視後喝光了最後一口
啤酒，疾步前往動物園深處，突然感到耳
後一道柔和但深刻的注目。

轉頭瞥見一隻森林狼正望著我，但閉館音
樂已經響起，而遠方有一個更新奇的念頭
不執著地在呼喚我。我只得回以他少少幾
個步伐的時間，便轉頭大步大步地向高地
走去。五分鐘後，激情如雪消融，才想起

狼的眼神，想去再見他一面，問問為何投以我那樣的眼神？又在我身上看見了什麼？

但狼已離開，彷彿此生所有後悔的患得患失，又在這趟旅行宿命性地發生。得不到的花火，要看幾眼才看得清？雪地裡我就這樣錯失了北國第一個寒冷的寓言。

2. 玻璃章魚

前一天又不得眠，再睜開眼已是深夜。菸抽完了，只好去散個步。想起以前電視上看到，在很深很深的海裡，有一個叫暮光帶的地方，已經快要不在陽光的疆域，那裡好多生物都是透明的，我看不見你，你看不見我，一場一場狡猾的獵殺透明上演。而今夜裡我與台北的雨也上演著一場透明的獵殺，玻璃章魚用玻璃般透明的觸手緊緊將我攫住，霎時連呼吸都變成玻璃被狠狠地捏碎，千瘡百孔的窒息在雨中。
我正在被殺，但不知道死了沒。

嗨，你最近好嗎？總是很久很久才想到寫信給你，而每次都是在最靠近死亡的時候，想來真是慚愧。先說吧，我又想死了。對不起，我知道這件事跟你提過太多次，如果你厭煩地跟我說：「那就去死吧。」我也一點都不意外。十八歲開始那幾封連四年寫了又燒的遺書後，便再未有寫遺書的念頭，因為已經殘酷地認知到我還有愚痴的貪戀。曾經好幾次喝個爛醉卻不得眠，藥一顆接一顆，最後整排都吃完才睡著，直到深夜張開陌生的眼，好迷人的睡眠啊。好想睡。我竟然想寫一封無可救藥的信給你，而死亡在我口中竟然如此綿密且骯髒。

暫時掙脫了玻璃章魚觸手的喘息空檔，突然好想看雪啊。傳了封訊息給J，問他那裡下雪了嗎？來不及等他回覆，我已經買好了下一班機票，要去一個深白色的地方。

因為差點，就差那麼一點，最後一絲光線

就要被拉進了更深的海底，那裡透不透明

再也無所謂了。

大多是在遺忘
有時飄在海上

用無數昏晨
換一場墜落

短暫無法刪減
曲折走得蜿蜒
連時間也忍不住哽咽
是誰在那瞬間

說出了

你的名字
我的名字
展開展開
從折疊之中展開
滿室喧譁

你的名字
我的名字
折疊折疊

展開之後折疊
滿室哀傷

我記得那是八月的最後一天

冬天的囈語終於在清晨不告而別
紫色的霧裡升起一條黑色的長河
催我遁入密林
羊群失蹄
碰傷了蒼白的水潭
而我在睡蓮裡躡足行過你古典的胸像
一條黑色的長河你與我溯洄從之

河水清淙

誰是誰端照的鏡子
誰閉眼誰就夢見
八月結束的那一天
不停留的瞬間
誰為誰縫起一雙
丟失的鞋在雞蛋花下

聽南風説話
南風的話
南風在説話

看南國的花
南國的花
落在這土壤

齒與骨

作者　許含光

裝幀設計　劉克韋
責任編輯　魏于婷

董事長　林明燕
副董事長　林良珀
藝術總監　黃寶萍
執行顧問　謝恩仁

社長　許悔之
總編輯　林煜幃
副總經理　李曙辛
主編　施彥如
美術編輯　吳佳璘
企劃編輯　魏于婷

策略顧問　黃惠美・郭旭原・郭思敏・郭孟君
顧問　施昇輝・林子敬・詹德茂・謝恩仁・林志隆
法律顧問　國際通商法律事務所／邵瓊慧律師

看世界的方法 152

出版：有鹿文化事業有限公司
地址：台北市大安區濟南路三段28號7樓
電話：02-2772-7788
傳真：02-2711-2333
網址：http://www.uniqueroute.com
電子信箱：service@uniqueroute.com

製版印刷：鴻霖印刷傳媒股份有限公司

總經銷：紅螞蟻圖書有限公司
地址：台北市內湖區舊宗路二段121巷19號
電話：02-2795-3656
傳真：02-2795-4100
網址：http://www.e-redant.com

ISNB：978-986-97568-3-9
初版第一次印行：2019年6月
定價：380元

齒與骨／許含光 著——初版——臺北市：有鹿文化——2019. 06／面；公分——（看世界的方法；152）
／ISBN 978-986-97568-3-9（平裝）／851.486／108007263